句集

# 白毫《びゃくごう》

瀬戸清子

文學の森

# 序に代えて

## 斬新な凝視を透した詩的把握と機智的表現（抄）

大岳水一路

瀬戸清子さんが「湾」に入会したのは、平成七年頃であった。しかし、氏は昭和五十七年から「琅玕」や「河」で学んだ後、「湾」入会までに十年ほどの空白があるようだが、その様な期間中でも決して休んではいないと思う。心の中で句帖に認めなくとも、自ずと詩としての句心に躍動しつづけていたに違いない。俳句講座での投句に、はっきりとこの人は、全くの初心者にはない光を感じる作品に出合うことであった。

この様なことで、「湾」入会から僅か五年にして平成十二年七月、「湾」創刊三十周年記念大会で、第六回湾新人賞を授与した。その対象二十句から次の十句を選んでみた。

旋回は別れのことば鶴引けり
如月や洗ひし米に水の艶
乳のみ児に真珠の前歯桃咲けり
みごもりし声や沈丁濃くにほふ
尺蠖に量られ日本武尊の地
同行は水に映る炎流燈会
籾筵日を濃くダムに沈む村
脱ぎ捨てし鎧のさまに虚栗
朱欒青き山家や三島由紀夫の書
火の山も眠り麒麟にまろき角

いずれも高い水準の作品であり、詩的感覚の高さがしっかりと伝わってくる。「尺蠖」の句は、平成九年の夏、えびの高原で大山蓮華を見る鍛練会を「菜殻火」「湾」合同で催した折のもので、その発想の飛躍的面白さに驚いたものであった。「湾」に入会して三年ほどの後のことであり、氏の詩の把握と機智的表現措辞の確かさに強い印象をおぼえたものであった。

次の「流燈会」の句。同行の発想には機智的ひらめきが感じとれる。四国八十八ヶ所巡礼の遍路笠に「同行二人」とある。流燈もまた、水に映る炎が連れである、と語られて、人の世の哀れが感じとれる。「籾筵」には濃くという陽と沈むという陰が相対して一句の持つ内容の哀れを、よく物語っている。

次の「朱欒青き」の句はどうだろう。私はよく写生凝視ということを口にする。凝視といっても視ることに始まって五感で感じとって、詩へ燃焼することである。一句の十七音は総て視覚を透して述べられているが、一読して鮮烈な余情を発している。三島由紀夫は華麗で知的小説を多く残したが、何よりも強烈な印象は、割腹自殺であった。「青い朱欒」と三島との取合せが一句を印象強い佳品としている。

――――（中略）――――

さらに、平成十二年新人賞受賞以降、確かな句境の歩みは感じられ、湾賞受賞は平成十七年一月である。「湾賞」の対象作品二十句の中から、次に十二句を拾いあげてみる。

哭きながら人は生まるる露の秋
嬰のみ向く母の目となり秋薔薇
秋うらら沐浴の嬰をうらがへす
菊の香やまだなき嬰の土不踏
餅間の蜑の路地ゆく聖書売り
まだ眠き土を零して蕗の薹
秘仏訪ふ蛍袋に風混む日
父子草群れ咲き父の膝知らず
風に声水に声あり鶏二の忌
風呂敷の包み下げ来る南洲忌
十字架は飛翔のかたち風光る
大山蓮華白毫の香を放ちけり

これらの掲載句には、その短期間にも拘わらず、確かな歩みが感じとれる。始めの四句は、山形在住の三女の長女誕生のころの句である。一句目「露の秋」はどうであろうか、人間がこの世に生を享けたことの重さが、しっかりと読む者の胸に伝わってくる。続く三句も夫々、切なく重い。

最後の「大山蓮華」の句、

――――――（中略）――――――（注1）

平成十四年六月、『南九州吟行案内』出版記念俳句大会を宮崎・鹿児島合同で催した。霧島山系のえびの高原に神蔵器・倉田紘文両先生をお迎えした。参加者八十余名。熱のこもった吟行大会となった。この句は、器先生特選句として大会賞となった。句会では一読して「白毫の香」に心をひかれた。

白無垢の大山蓮華の花に、仏の白毫を感じとった感性の深さに感服した。白毫は言うまでもなく「仏の眉間にあって光明を放つという白い巻毛」であり、その花の香を放つとしての比喩的表現措辞に依って、一句に高貴な響きが生れている。（注2）

注1　俳句雑誌「湾」平成十八年七月号「瀬戸清子集鑑賞」より　抜粋・補筆：瀬戸水哉
注2　俳句雑誌「湾」平成十四年九月号「雑詠選評」より

句集　白毫

装丁　巖谷純介

句集

# 白毫

びやくがう

「琅玕」

「河」

# 遠泳子

昭和五十七年〜平成六年

石蕗の花己れしみじみ光りけり

朝倉や水車せかして秋燕

紫陽花や十六歳のだんまり日

晩学やきびすに秋の蚊をまとふ

鶴守の冬の遠出はせぬといふ
放ちたる蛍がまたも胸に来る

ほうたるの光らざる身のありにけり

木枯や銅像の眸のひとところ

水引草盲僧琵琶の符のごとく
真つ直ぐも曲あるものも木の葉髪

行く秋の納まりきれぬ壺の骨

新樹光ピーターラビット取り逃がす

藍染の白の屈折太宰の忌

火の島は熔岩《ラバ》より暮るる月見草

熔岩に太き雨来る竹煮草

今朝秋の父とし仰ぐ火山の秀

虎落笛ほつちやれ鮭の話かな

いちまいの空を北へと秋燕忌

落葉掃くことより玉蜀黍《もろこし》売りの朝

運河澄めり北の詩人のインク壺

フィアンセは山形訛ラ・フランス

色絲に雪のにごりや紅花長者

十の蔵に十の天窓豊の秋

摩周湖の霧と霧との間にゐる

かたはらを鮭遡りゆく放置《ほちや》鯉《れざけ》

ロシアより来る波白の吾亦紅

焼もろこし旅の栞のごと匂ふ
遠泳子月踏むごとく帰り来し

「湾」

# 尺蠖

平成七年〜十三年

一本の脚をはがねに霜の鶴

胸中に木の芽起こしの雨降らす

ポケットに句帳とチョコと青き踏む

嫁となるひとに逢ふ旅合歓の花

ローマにて　二句

噴水へコイン弧を画く聖五月

キリストの涙てふ酒麦の秋

数珠玉の鳴るや鶴来るころの風

寒明けのからくり時計より天使

かもじ草逸る警察犬の息

籾筵日を濃くダムに沈む村

大名筍香ばしく焼き島歌舞伎

湾出でて直進の船聖五月

遠雷や海あざやかに旅の本

酢漿草《かたばみ》の花真つ直ぐに抜かれけり

夏山家椙はくすぶるままがよし

三日月をマストにのこし帆をたたむ

星合のごと夜のフェリーすれ違ふ

同行は水に映る炎流燈会

鶴来たる空に鼓動のはじまりぬ

初鴨やほしき心眼てふレンズ

神無月香車の如く旅に出て

臥してみる空のつめたさ梅二月

紙雛衿重ねても胸うすく

踏青やもの書けば影ついてくる

蕗の薹欠伸してゐるアンデルセン

まだ蒼き空夜神楽の舞ひはじむ

武家門に女門あり実南天

彗星の尾の漂へるさくらの夜

蓮巻葉水の雲より立ち上がる

蛍火のはじめは草のいろまとふ

尺蠖に量られ日本武尊《やまとたける》の地

調教の鞭が土打つ大暑かな

人ごゑの空へぬけたる返り花

水甕を雲渡りゆく初音かな

啓蟄や土に還れぬものの溢れ

みどり児は眠りて笑ふさくらんぼ

朱欒青き山家や三島由紀夫の書

脱ぎ捨てし鎧のさまに虚栗

火の山も眠り麒麟にまろき角

旋回は別れのことば鶴引けり

梅東風や船は生活《たつき》の水落とす

春炬燵使ひきれざる季語の数

不知火《しらぬひ》海の波立ち上がる春田打

甘茶仏鳥語人語と浴びにけり

二ッ家に鬢盥《びんだれ》ひとつ鳥の恋

震災に遭ひし桜の落花浴ぶ

哭きながら人は生まるる露の秋

嬰のみ向く母の目となり秋薔薇

新生児微笑腕に冬立つ日

かいつむり空を足蹴にしてしまふ

乳のみ児に真珠の前歯桃咲けり

まだ眠き土を零して蕗の薹

# こぼれ萩

平成十四年〜二十一年

十字架は飛翔のかたち風光る

蝦夷薩摩空のつづきの雲の峰

青田風ポプラの丈をもて余す

木槿咲き薩摩に白と黒の陶

稲架組みし田より暮色をはやめけり

水餅のきのふを流し今日の水

礫像の目差しに触れ鳥の恋
青葉若葉身に殉教の島の黙

地獄図に隣る天国図《パライソ》緑さす

薔薇の雨被爆マリアの胸つたふ

不揃ひの和紙の耳あり梅の花

絵本より飛び出すこびと新樹光

秘仏訪ふ蛍袋に風混む日

原爆忌水にはがねの味のこる

湾碧し花野といふも熔岩《ラバ》づたひ

つなぎ合ふ鶴唳幼な声栞る

不知火海《しらぬひ》の潮の攻め入る鴨の陣

火の島の襞くつきりと足袋を干す

着るほどに馴染む大島紬《おほしま》花八ッ手

青々と鷹の山ある岬かな

梅真白湖に刃の冷えのこる

芙美子碑の空縦横に鳥の恋

河西回廊　三句

吾がために膝折る駱駝熱砂の上

絹の道始まる西安門薄暑

思惟仏の壁画涼しき眉を持つ

九州の臍てふ村の植田かな

天女花産衣のごとく霧つつむ

畦に置く石は水の扉稲の花

嬰を洗ふ十指にちから豊の秋

泣き声も言葉のひとつ草若葉

牛役も太郎も転び春祭

月光のなみなみとある旅鞄

中国西域　二句

天山に白き雲湧き棉を摘む

驢《ろ》馬《ば》に鞭くれて涼しき眉の娘よ

黒板に遠き国の名若葉風

指折つて児のホ句はじめ小鳥来る

遊行柳くぐりし水の澄みにけり

里山を舞ひ引鶴となりにけり

維新橋さかのぼる潮鳥の恋

源流のはじまる大山蓮華の辺

傘振つて落とす桜桃忌のしづく

文楽の楽流れゐる余り苗

南船北辺大草原　三句

昨日万緑けふは黄土の旅にあり

磨崖大仏船より仰ぐ晩夏かな

秋澄めり羊三百追ふ一人

雲の峰子にはじめての一人旅

盆過ぎの水に疲れのやうなもの
こぼれ萩地にまだ風の息づかひ

絹鳴りの明けの身支度一葉忌

化野の万の仏と花の下

# 山茶花日和

平成二十二年〜三十年

噴煙の拳いくたび開戦日

口で脱ぐ赤き手套や海冥し

しろがねの蔵王《ざわう》山まぶしき雛納め

青梅雨や文楽人形肩で泣く

朗朗と子等の句詠まれ耕二の忌

地震逃れ来し子へたんぽぽ菫咲く

不知火海《しらぬひ》の風の飛びつく初桜

眺へしごと時鳥啼く城址

蛍舟宴の果てしごと降りぬ

榧の実を販ぐ富貴寺の磴に座し

唐臼の音冴して山眠る

草青む鳥に渡りといふ習ひ

木曾駒の雪渓一刀彫の白

火山灰《よな》吹いて譲る木椅子や昼の虫

冬ざるる瓦礫の山へ鳶の笛

少女弾く雪降る夜のモーツァルト

産土の去年の火山灰《よな》踏み初詣

乗れさうな雲が真上に聖五月

寒蟬の声真二つに示現流

桐一葉退く技はなかりけり

つくつくし南洲遺訓なぞるごと

地下足袋の蘊蓄《うんちく》を聞く菊日和

昏睡の師よ底紅に宿る雨

朴は実に心に響く一言抄

小鳥来る師の亡き発行所の庭に

九月十一日、水一路師の命日を蕉水忌として

荻に声水に声あり蕉水忌

紺碧に湾よこたはる初句会

鶴去りて畦太々と残りけり

ツルの墓供華はなづなと諸葛菜

鶴引きし空に疲れのやうなもの

出水野に（故）水一路師の句碑建立　二句

薫風や紫尾《しび》山真向ひに句碑除幕

旧端午薩摩ぶりなる黒き句碑

緑さす創刊号の青表紙

なんぢやもんぢや散るや降灰袋の上

磨崖仏と禅問答やつくつくし

田の神の藁苞古りぬ蛍草

色鳥や匣鉢《さや》の積まれし休め窯

貫入の密なる迷路秋の声

漉槽の混沌の水掬ひけり

手漉和紙買うて山茶花日和かな

# 枯はちす

平成三十一年・令和元年〜四年

初市や買ふも販ぐも屈みゐて

石畳踏むやオランダ坂小春

観音のかんばせゆるむ初音かな

花筵鳩は首より歩き出す

きのふよりけふの耀き楠若葉

「湾」創刊五十周年に当たり

滴りの湾流となる月日かな

禅寺の伽藍涼風まねき入れ
戻ること考へてゐるかたつむり

青田風鶴去ぬ畦を素通りす

一夜経て反故めく朝の夕顔よ

秋蟬の第一楽章にて終はる

峰雲の真白き拳

蕉水忌

五十年誌の足跡たどる夜長かな

鹿児島県日置市吹上町常楽院の妙音十二楽、令和元年にて終了とのこと

身に入むや終の妙音十二楽

ねんごろにけふの水差す菊人形

冬あけぼの祝砲のごと噴く火山

初火山ゐずまひ正す袴腰

近づけばいつしか鶴の遠ざかり

ゆく春のたゆたふ南洲橋ほとり

万緑の色をたがへて山座る

棚田百選称へうぐひす老いを鳴く

路地裏は生活《たつき》のにほひ鳳仙花

灯火親し付箋あまたに師の句集

神留守の雲の自在を見て飽かず

徒長枝の空に混みあふ梅日和

冴返る千手観音像の御手

引き近き鶴いそしみの嘴ならぶ
波音をたぐり寄せたる浜昼顔

車庫奥に眠る古本梅雨に入る

風鈴の風の言の葉つむぎをり

いてふ散る歩きはじめの児を追うて
枯はちす風の余韻をとどめけり

大山蓮華

平成十四年

大山蓮華白毫の香を放ちけり

# あとがき

俳句という短い詩型に魅せられて、彼此四十年ほどの月日が流れているのに驚く。途中数年のブランクもあったが、いつしか十七音の世界一短い詩の虜になっていたらしい。

大山蓮華白毫の香を放ちけり

句集名『白毫』は仏さまの眉間にある白い巻毛。光を放ち無量の国を照らすという。そのことを知ってから仏像に見えるとき、その額に目を凝らす。名刹や路傍の藁葺囲の仏にも、その印はあった。

嘗て、故大岳水一路先生に随行し、霧島山系の大山蓮華の純林でその花を仰いだ記憶が甦る。清純と高貴さを併せ持つ純白の花をどう詠めばいいのか。ふっと以前教えて貰った「白毫」が頭を過り、そのままを一句とし投句。すると、その日選者として来鹿の神蔵器先生の特選を頂き、思い出深い作品となった。

吟行を重視した水一路師の指導は、自然（人間を含む）との語らいを詩に詠むことであった。この度「湾」誌所載の私の作品についての先師の選評等も使わせて頂いた。厚く御礼申し上げます。

なお、かなり早くから句集発刊の話を「文學の森」から頂き、自身もそのことを願いながら徒に数年が過ぎてしまった。気持とは裏腹に、体力気力の衰えを感じる私を、夫水哉が煩雑な原稿を編集・整理してくれ、漸くここに出版の運びとなった。思えば私の俳句人生を支えてくれた夫。県内外の吟行会や毎月の句会への参加を「行っておいで」といつも快く送り出してくれたことにも感謝。

最後になりましたが、「文學の森」の荒中夏樹様はじめ編集の皆様、大変お世話になりました。

令和五年五月

瀬戸清子

## 著者略歴

瀬戸清子（せと・せいこ）

1940年12月24日　鹿児島市に生まれる
1981年　「琅玕」に投句を始める
1991年　「河」投句
1995年　「湾」入会、大岳水一路に師事
1999年　「湾」同人、公益社団法人俳人協会会員
2000年　第6回「湾」新人賞
2005年　第9回「湾」賞
2014年6月　「湾」主宰・大岳水一路師逝去、主宰継承
2020年4月　「湾」主宰に和田洋文氏が選任され、主宰退任
現・顧問

俳人協会会員

現住所　〒890-0045　鹿児島市武2-44-24

句集

# 白《びやく》毫《がう》

発　行　令和五年六月三十日
著　者　瀬戸清子
発行者　姜　琪　東
発行所　株式会社　文學の森
〒一六九-〇〇七五
東京都新宿区高田馬場二-一-二　田島ビル八階
tel 03-5292-9188　fax 03-5292-9199
e-mail mori@bungak.com
ホームページ http://www.bungak.com
印刷・製本　有限会社青雲印刷

ISBN978-4-86737-081-0　C0092